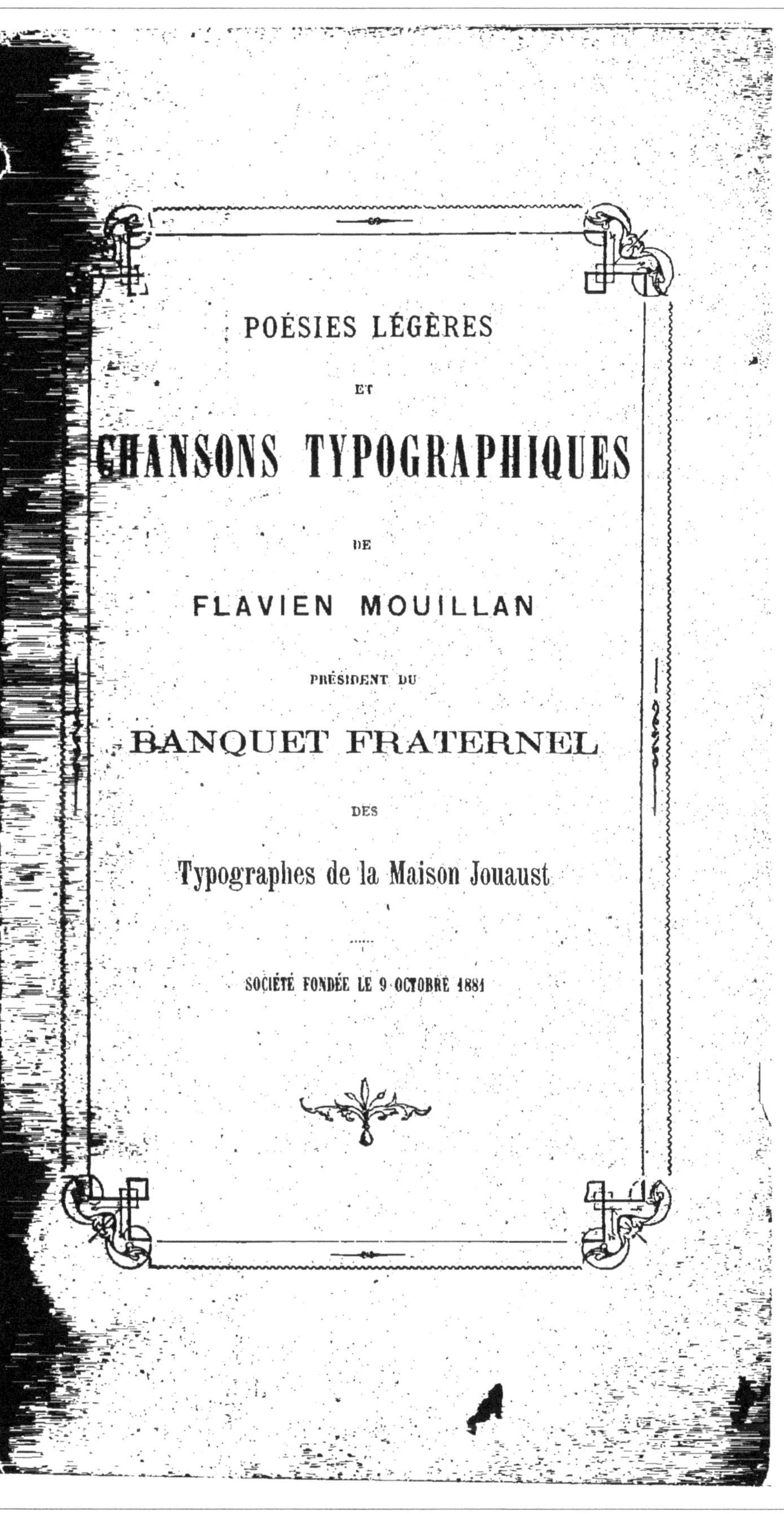

POÉSIES LÉGÈRES

ET

CHANSONS TYPOGRAPHIQUES

DE

FLAVIEN MOUILLAN

PRÉSIDENT DU

BANQUET FRATERNEL

DES

Typographes de la Maison Jouaust

......

SOCIÉTÉ FONDÉE LE 9 OCTOBRE 1881

POÉSIES LÉGÈRES

ET

CHANSONS TYPOGRAPHIQUES

DE

FLAVIEN MOUILLAN

PRÉSIDENT DU

BANQUET FRATERNEL

DES

Typographes de la Maison Jouaust

......

SOCIÉTÉ FONDÉE LE 9 OCTOBRE 1881

⁂

⁂

A MONSIEUR FLAVIEN MOUILLAN

Monsieur et cher confrère,

Désireux de perpétuer le souvenir de notre Banquet fraternel, dont vous avez bien voulu accepter la présidence, et pour ne pas laisser tomber dans l'oubli les spirituelles chansons typographiques et poésies légères dues à votre inspiration et dont l'audition nous a fait passer une heure si agréable, nous vous demandons la permission de les imprimer et d'en garder chacun un exemplaire.

Dans l'attente d'une réponse favorable et prochaine, nous vous prions d'en agréer d'avance nos remerciements.

Les Typographes de la Maison Jouaust.

Paris, 10 octobre 1881.

A Messieurs les Typographes

De la Maison Jouaust

Sans vous, mes chers confrères, sans votre gracieuse initiative, je n'aurais jamais eu l'idée de faire imprimer mes chansons; car, rimeur incorrigible, jai produit, dans le cours de mon existence, une foule de petites poésies, et, guidé par un judicieux bon sens, je les ai jetées au vent de l'oubli, persuadé qu'elles ne méritaient pas les honneurs de l'impression.

Il n'en a pas été de même de ma prose : en 1867, j'embouchai la trompette de la réclame pour annoncer au monde un ouvrage destiné à le remuer; et je m'appliquais fièrement ce vers de Corneille :

> Mes pareils à deux fois ne se font pas connaître,
> Et pour des coups d'essai veulent des coups de maître.

Mais ce volume, après avoir rayonné de sa couverture bouton d'or dans la vitrine de mon éditeur

Dentu, ne tarda pas à briller au casier à 20 centimes d'un libraire en plein vent. Ce dernier, à la vérité, vendit beaucoup de mes brochures à un confrère de M. Chesnelong, qui, les ayant achetées à la livre, en enveloppait les saucisses plates et les côtelettes panées! Profanation!

Je dois vous dire pourtant, mes chers confrères, pour ne pas vous paraître trop indigne, que j'ai vécu de ma plume pendant plusieurs années, notamment comme rédacteur à *la Sylphide* et au *Bon Ton*. Mais, cédant aux conseils de mon Égérie, qui, dans son positivisme, préfère les « franches lippées » au bien-être littéraire conquis « à la pointe de l'épée », j'ai repris depuis longtemps « le collier dont je suis attaché ».

A l'instigation de notre prote si sympathique, vous m'avez proclamé président du Banquet fraternel; je suis d'autant plus fier de cette distinction qu'elle m'a été conférée sur le champ de bataille, au milieu des détonations du champagne, qui saluaient aussi le triomphe de la fraternité typographique, en attendant mieux.

Après m'avoir entendu chanter quelques-unes de mes productions, vous me les avez demandées en d'excellents termes dans une lettre que j'ai tenu à honneur de placer en tête de cette petite brochure, et, pour répondre à votre offre si flatteuse pour moi, je vous ai donné carte blanche; huit jours après vous me les rendiez élégamment typographiées.

Si j'ai *commis* des chansons qui peuvent froisser certaines opinions ou quelques esprits timorés, je n'oublierai pas que vous en avez *perpétré* l'impression, et que, par ce fait, vous êtes devenus volontairement mes complices ; mais ce qui se gravera surtout dans ma mémoire, ce sont vos procédés courtois et délicats, qui m'ont pénétré d'un sentiment de gratitude dont ces froides lignes ne sont qu'un trop faible témoignage.

Flavien Mouillan

Correcteur

Poésies Légères

ET

Chansons Typographiques

LA MACHINE

Air des *Coquilles*.

Rosine est un petit trésor
Qui n'a pour bien que son aiguille,
Ses yeux d'azur, ses cheveux d'or
Et certain bijou de famille.
Mais la couture, par malheur,
Enflamme sa jeune poitrine;
Elle consulte, et le docteur
Lui dit : « Prenez une machine.
Je sens palpiter votre cœur,
Ne cousez plus qu'à la machine. »

« Rosine, lui dis-je à mon tour,
Dans le bel art typographique
Acceptez, avec mon amour,
Une marge à la mécanique.
L'engin qui vous plaira le mieux
Est celui que l'on vous destine. »
Et Rosine, en baissant les yeux,
Choisit la plus grosse machine.
Sans hésiter entre les deux,
Elle prit la grosse machine.

Deux jours après, sur son gradin,
De ses doigts roses ma future
Prenait la feuille de vélin
Pour la fixer à la pointure.
Le volant, mû par la vapeur,
Fascine la belle Rosine,
Qui suit d'un œil doux et rêveur
Le va-et-vient de la machine.
Rose épousa son conducteur
Et fut margeuse à la machine.

Mais le bonheur a ses revers :
Rose, le jour du mariage,
Met tant de feuilles à l'envers
Qu'elle en macule son tirage.
Plus je deviens maigre et chétif,
Et plus je vois gonfler Rosine,
Qui tient dans son ballon captif
Un échappé de la machine.
Quinze fois son ballon captif
Est regonflé par la machine.

Sur quinze enfants j'ai dix soldats ;
C'est peu, car il faut en Afrique
Porter bien haut dans les combats
Le drapeau de la République.
Ah ! que ne puis-je à l'infini
En reproduire avec Rosine,
A l'instar de Marinoni,
Vingt mille à l'heure à la machine,
Pour les conduire à l'ennemi,
Comme je conduis la machine !

Mon luth, après soixante hivers,
N'est souvent qu'un froid monocorde
Qui fait, quand j'exhale mes vers,
Ratatiner sa vieille corde.
Mais il renaît au doux printemps ;
Alors j'en pince avec Rosine,
Qui dit : « Malgré tes soixante ans,
Tu conduis fort bien ta machine.
Tu n'a que soixante printemps
Et conduis fort bien ta machine. »

CLICHY-L'ÉGOUT

Air : *Tapez, tapez-moi là-d'ssus.*

Claire était compositrice,
Moi j'étais compositeur
A Clichy, près l'orifice
Du grand égout collecteur
« O Claire, éteignez ma flamme !
Soupirai-je à ses genoux.
— Avant d'être mon époux ?
Ce serait infâme !
On a des mœurs avant tout
A Clichy-l'Égout. »

Pure comme la rosée,
Cette perle de l'honneur
Me fait, après l'hyménée,
Cet aveu plein de candeur :
« Je suis mère, quoique vierge,
D'un poupon né sous des choux.
Tapez-moi, mon cher époux,
A grands coups de verge,
Mais on est franche avant tout
A Clichy-l'Égout. »

On se croirait, à ma noce,
A l'hôtel Continental,
Car on s'y fait une bosse
De tabac de caporal.
Mon épouse, sans scrupule,
M'en repasse un petit bout :
C'est un miel, un racahout,
Et puis ça stimule ;
On en met dans le ragoût
A Clichy-l'Égout.

On politique et l'on beugle
Qu'un pied bot peut être roi
D'une République aveugle,
Puisque un borgne y fait la loi ;
Que le Sénat agonise ;
Que nos députés surtout
Changent de drapeau chez nous
Comme de chemise ;
Qu'on n'en change pas du tout
A Clichy-l'Égout.

A minuit ma belle-mère
Glapit ses plus beaux morceaux,
S'inspirant au fond du verre,
Qu'elle emplit de tord-boyaux.
Puis nous dansons la *Gorille*,
Vêtus comme à Tombouctou.
Il est permis au mois d'août,
Surtout en famille,
De se dépouiller de tout
A Clichy-l'Égout.

Sur ma couche nuptiale
Je voulais fixer vos yeux,
Car c'est à la belle étoile
Que l'Amour combla mes vœux;
Mais la prude Anastasie,
Qui censure, hélas! partout,
Me dit : « Au nom du bon goût,
  Clos ta poésie;
Tu m'abreuves de dégoût,
  Ferme ton égout! »

GAMBETTA

ET SES EMBÊTEMENTS A CHARONNE

Air : *J'nai jamais fait fortune*

Dans son forum en bois,
Payé dix mille francs,
Léon comptait, sans choix,
Des amis plein ses bancs;
Mais il avait compté
Sans les coups de sifflet
Dont on a souffleté
L'ami de Galliffet,
Sur l'air du tra, etc.

« Citoyens de Charonne,
Écoutez Gambetta. »
Mais le mot de Cambronne
Aussitôt éclata.
« Que le maître aille au diable ! »
En vain lui criait-on,
Il frappait sur la table
A grands coups de bâton,
Sur l'air du tra, etc.

Ah ! si j'étais le maître,
On verrait que chacun
Aurait trop de bien-être....
Au moment opportun.
Je raserais le mur
Des octrois aussitôt...
Que Paris serait mûr
Pour n'avoir qu'un impôt,
  Sur l'air du tra, etc.

« Remporte donc ta veste
Ainsi que tes outils,
Sans demander ton reste,
Ou gare aux abatis !
— Pour ne pas qu'il écope,
Hurle un des plus têtus,
Enlevez le cyclope,
Ou je m'assois dessus ! »
  Sur l'air du tra, etc.

Souteneurs de rosières,
Esclaves abrutis,
Du fond de vos repaires,
Où vous êtes blottis,
Il faudra déguerpir
Et, foi de Gambetta,
Je vous ferai partir
En chœur à Nouméa,
  Sur l'air du tra, etc.

« C'est par trop de cynisme ;
A bas le renégat !
A bas l'opportunisme !
A l'eau son candidat ! »
Étouffant de colère
Et n'ayant plus de voix,
Léon fuit chez le maire
Et lui dit en patois,
Sur l'air du tra, etc.

« Je voudrais qu'on m'élût
Au quartier de mon choix. »
Il dit, et cela fut.
Mais on compta les voix :
Léon fut blackboulé,
Malgré son faux scrutin,
Qui ne fut dépouillé
Que par Robert-Houdin,
Sur l'air du tra, etc.

Gambetta se désiste
En se voyant perdu,
Et dit à Sick : « Insiste,
Et tu seras élu. »
Mais quand Tony tonna
Comme eût fait Mirabeau,
Sick, ô Mort ! à quia,
T'alla chercher dans l'eau,
Sur l'air du tra, etc.

Sachez, tas de gredins
Venus on ne sait d'où,
Qui sentez l'île aux Pins,
Ducos ou l'île Nou,
Qu'enfin l'opportunisme
Un jour l'emportera
Sur le radicalisme...
Au Monomotapa,
    Sur l'air du tra, etc.

LA PUPILLE DES FRANCS-TIREURS

Quand, par le fer et la famine,
La Prusse investit mon pays,
Je m'enrôlai, jeune orpheline,
Dans un des corps francs de Paris.
Le chef électrisa mon âme
Quand, au nom de ses défenseurs,
Il s'écria : « Je vous proclame
La pupille des francs-tireurs ! »

Au plus vaillant de ces milices,
Qui m'épousa devant l'autel,
J'allais immoler mes prémices,
Quand résonna le vieux rappel.
Pouvions-nous, sans mourir de honte,
Préférer l'amour à l'honneur ?
« Aux armes ! et qu'au feu l'on compte
La pupille et son franc-tireur ! »

Fusil chargé, sabre en arrière,
Mon revolver au ceinturon,
Je m'élançai, terrible et fière,
Aux accents guerriers du clairon.
Nous voyant braver la mitraille,
Les ennemis criaient aux leurs :
« Chargez à fond dans la broussaille
Ces enragés de francs-tireurs ! »

Mon plan pour débloquer la place,
Dit un guerrier dévotieux
Au grand capitaine Fracasse,
Qui n'est ni mort ni victorieux,
Mon fameux plan de délivrance
Consiste à chasser nos vainqueurs
En répétant . « Sauvez la France,
Notre-Dame des Francs-Tireurs ! »

Cessez le feu ! c'est l'armistice
Conclu malgré les habitants.
Et l'on versa l'amer calice
A cinq cent mille combattants !
Si le pain blanc mouillé de larmes
N'eût mis le comble à nos malheurs,
Ah ! comme elle eût repris les armes,
La pupille des francs-tireurs !

Dieu juste, flétris la mémoire
Des lâches qui nous ont livrés,
Mais grave les noms dans l'histoire
De nos héros improvisés.
O République ! ô belle France !
Votre sagesse et vos splendeurs
Ont fait renaître à l'espérance
La pupille des francs-tireurs.

LES ÉPREUVES D'UN CORRECTEUR

Vieux typo de race authentique,
Je chéris l'art typographique,
Art sublime où l'on peut ranger
Les Franklin, Brune et Béranger.
Ma patronne était rédactrice
Du *Pornographe*, et, par caprice,
De son organe corrupteur
Me nomma le petit metteur,
Et me soumit, — rude labeur !
Aux épreuves du correcteur.

Élisa, sirène amphibie,
Me tenait souvent la copie.
J'étais fou de ses noirs cheveux,
De sa taille et de ses yeux bleus.
« Cherchez bien la petite bête, »
Lui dis-je ; et bientôt ma brunette
Trouve un insecte ravageur
Sur le paquet du corrigeur ;
Elle en cherchait, dans sa candeur,
Sur l'épreuve du correcteur.

Un dimanche, en rase campagne,
Mon Élise, que j'accompagne,
Me déclare qu'elle est à bout,
Entre Garches et Montretout.
Sa main tremble, et l'enchanteresse
La met sur son cœur, et s'affaisse...
Elle recouvre sa vigueur
Dans les bras de son correcteur;
Et le démon sortit vainqueur
Des épreuves du correcteur.

Mais Vénus, beauté venimeuse,
De son pied frappe ma charmeuse :
Son venin fut plus meurtrier
Pour Louis quinze et François premier !
D'Esculape un arrêt barbare
Me fait retrancher le cigare.
« Deleatur ! dit le docteur,
Je corrige le correcteur. »
Ici finissent, par bonheur,
Mes épreuves de correcteur.

Préférez au libertinage
La vertu dans le mariage;
Sans danger au moins, chers époux,
Vous pourrez joindre les deux bouts.
Mon malheur, ma goutte et mon âge
Sont des trésors dans le ménage :
Acceptez-les, sexe enchanteur,
C'est la dot du vieux correcteur.
Quoique tronqué, vieux et grondeur,
On s'arrache le correcteur.

SŒUR LISE

Partant pour le Céleste Empire
Chercher la palme du martyre,
Sœur Lise en ce lointain séjour
Trouva l'amour.
« Belle Française au teint d'albâtre,
Lui dit un mandarin jaunâtre,
Sois ma compagne, ou, par les Cieux !
Je meurs sous tes beaux yeux ! » } *Bis.*

-88-

Tremblante et pâle comme un cierge :
« Fais-toi chrétien, répond la vierge,
Et je consens à t'épouser
Pour te sauver. »
Ivre d'opium et fou de Lise,
Le mécréant se christianise
Et, nargue de tous ses aïeux,
Abjure ses faux dieux. } *Bis.*

-88-

Pendant qu'on bénit à l'église
Le renégat et la sœur grise,
Par ordre du sultan, jaloux,
Les deux époux
Sont séparés. On les entraîne
L'un dans la Tour de Porcelaine
Et l'autre au grand Palais d'Eté,
Devant Sa Majesté. } *Bis.*

Le fils du Ciel dit à la nonne :
« Tu vas m'aimer, je te l'ordonne,
Sinon je te perce le cœur,
Foi d'empereur.
— Frappe ! répond l'ange sublime,
Pour que le sang de ta victime
Féconde au moins pour le vrai Dieu } *Bis.*
L'Empire du Milieu. »

Comme il brandit son cimeterre,
L'orage gronde et le tonnerre
Écrase, avant son attentat,
Le potentat.
Deux mois après leur délivrance,
Les deux époux filaient en France,
Et doivent y filer encor } *Bis.*
Des jours d'azur et d'or.

LA SAINT-ÉMILE

POÉSIE D'ATELIER

Émile, nom d'un saint, nom d'un petit bonhomme
Que Rousseau prit pour titre en un livre fécond,
Est aussi le prénom du ci-devant jeune homme
Que nous venons fêter, en le peignant à fond :
Travailleur acharné, mais buveur intrépide,
Il met un buveur d'eau plus bas qu'un litre vide,
Cent fois plus bas encor qu'un hideux batracien,
Plus bas qu'un paresseux, qui, lui, vaut moins que rien.
Ce fils de Gutenberg, sans être un Hégésippe,
Est aussi philosophe ; Émile est, en principe,
Tout aussi fier en blouse, un composteur en main,
Que l'était en chlamyde un citoyen romain.
Cabotin-typographe, à combien de misères
N'a-t'il pas compati ! vous le savez, confrères.
Tour à tour ouvrier, comptable, correcteur,
En allumant sa pipe, il conseille un auteur,
Et court chez les Vallot payer un vieux cinquième
A l'ami sans travail, qu'il embauche quand même.
Mais s'il n'usa jamais du droit de débaucher,
Il use, gay typo, du droit de déboucher
Les flacons de nectar au temple de l'Ivresse,
Dardant ses yeux de feu dans ceux de la prêtresse.
Fleurissons notre ami pour que, selon les us,
Il nous rince la corne au temple de Bacchus.

L'ANGE DE MES RÊVES

ROMANCE

Quelles sont lentes les journées!
Parmi le monde je suis seul ;
Et sur mes tristes destinées
Déjà s'étend un froid linceul...
Sans la vision qui me venge,
Je succomberais au tourment;
Mais, la nuit, Dieu m'envoie un ange
Qui m'apparaît en souriant.

Oui, lorsque enfin le temps arrive,
— Moment propice au malheureux !
Où sur ma paupière captive
Descend un voile ténébreux,
O volupté, pour moi tout change!
Mon cœur a brisé son néant ;
Je m'enivre aux regards de l'ange
Qui m'apparaît en souriant.

Toujours trop tôt de la lumière
M'éblouit l'éclat importun :
Je ne cueille dans ma carrière
Que fruits sans goût, fleurs sans parfum...
Grand Dieu, de cette vie étrange
Reprenez le fatal présent,
Ou bien daignez m'unir à l'ange
Qui m'apparaît en souriant!

A MARIE

—

Tu reçus le quinze août, ma compagne chérie,
Et mon premier baiser et mon premier bouquet,
Toujours renouvelés en l'honneur de Marie,
Depuis plus de vingt ans, en un joyeux banquet.
Quand je rêve aux beaux jours, aux feux de ma jeunesse,
Mal éteints en dépit de mes cinquante hivers,
Je crois entendre encor ta voix enchanteresse
Le jour où tes beaux yeux lisaient mes premiers vers.

VOLÉ! VOLÉ!

Air des *Gueux*, de Béranger.

REFRAIN

Volé! volé!
Las! toujours le blé
D'ivraie est mêlé...
Je suis volé!

Un viel infirme en guenilles
Par ses cris sut m'attendrir :
Je donne... L'homme aux béquilles
Au cabaret va courir...

Volé! volé! Etc.

Attiré par mes breloques,
Un larron entra chez moi,
Mais n'y trouvant que des loques,
Le filou dit, en émoi :

Volé! volé! Etc.

Afin de toucher Agathe,
Un don par moi fut offert :
Pour prix de mes feux, l'ingrate
M'envoie au docteur Albert...

Volé! volé! Etc.

Une chaste demoiselle
D'époux m'accorde les droits;
Et mon épouse fidèle
Me fait père après cinq mois.

Volé! volé! Etc.

La boucherie est donc libre!
La viande est à bon marché!
Je crois au juste équilibre...
Sur quelle herbe ai-je marché?

Volé! volé! Etc.

Flairant la pièce nouvelle
Prônée à grand bruit partout,
Je vide mon escarcelle :
C'est cher pour dormir debout!

Volé! volé! Etc.

Pour conserver mon caniche
J'ai payé, selon les lois;
On me prend — affreuse niche! —
Mon bon chien... Volé deux fois!!

Volé! volé! Etc.

GRÉCO-LATINOMANIE

MÉDICALE

« Docteur, l'œil me fait mal, que faut-il que j'y mette?
Dit à son médecin une accorte soubrette.
— Voyons un peu, ma belle, où siège votre mal ?
Est-ce au globe oculaire? est-ce au sac lacrymal,
A la conjonctivite, ou bien au nerf optique?
— Pour ça, je n'en sais rien ; mais je crains, tant ça pique,
Un compère-loriot à l'œil gauche surtout ;
Depuis mon dernier bal, ça me cuit comme tout.
— Mais qu'est-ce qui vous cuit? est-ce l'hyaloïde,
La pupille, le cône? est-ce la choroïde,
La rétine, l'iris, ou l'axe visuel?
— Vous me parlez chinois, docteur, et c'est cruel!
— Près du nerf palpébral, poursuit mon Esculape,
Je vois à la lentille un signe qui me frappe :
Ce signe est un pistil visible dans vos yeux
Par les nôtres, qui sont dans le secret des dieux.
Ce pistil envahit les cavités mammaires,
Traversant l'utérus, la vulve, les ovaires,
Les lobes séminaux et les cotylédons,
Où se forment chez vous un ou deux chorions,
Et c'est au cristallin que je vois le prodrome.
— Au verre cristallin vous voyez l'Hippodrome ?
— Je vous ai dit *prodrome*, et ce mot médical
Vient du grec *prodromos* (avant-coureur du mal). »
Rose, éclatant de rire en voyant sa méprise,
Dit : « D'où vient ce jargon, que je le reconduise ?

— D'un pays où l'on dit, quand il vous pousse un clou,
Que c'est un *staphilôme* éclos vous savez où.
— Un *philocome?* Allons, docteur, cessez de rire,
Car j'ai si mal au pied ! ce n'est rien de le dire.
— « Mal au pied ! » Épargnez mon conduit auditif ;
Dites-moi, pour ne pas me l'écorcher tout vif,
Si c'est à l'astragale, au scaphoïde, au tarse,
A l'orteil, au tendon, aux os du métatarse ;
Est-ce à la malléole ? est-ce au calcanéum,
Au cuboïde ?... — Assez ! *Dominus vobiscum !*
— Qu'ils sont doux les accents de la thérapeutique !
Figurez-vous notés et chantés en musique
Blépharocolobome et *gérontotoxon*......
— Blé... faro... rococo... Ah ! la belle chanson !
— Qu'on me cite un seul mot plus doux, en poésie,
Qu'*histéroto-mégalanthropogénésie !*...
— Ah ! Dieu, quel baragouin ! la tête m'en fait mal.
— Encore un mot du peuple, encore un tour banal :
« La tête vous fait mal ! » Rose, en pathologie,
Le mal des grands esprits, c'est la *céphalalgie.*
— Ce n'est donc pas le mien. Excusez-moi, docteur,
Mais tous ces mots savants me donnent mal au cœur !
— Qu'appelez-vous le cœur ? Parlez-vous de l'aorte,
Ou de la *veine cave*, ou de la *veine porte?*
Porte-veine est distinct de la veine du cœur :
La première, en français, n'est qu'un porte-bonheur ;
La seconde est chez vous une veine concave,
Et nous distinguons bien la *porte* de la *cave.*
— Il est joli, docteur ! Je trouve original
De jouer sur les *maux* en guérissant le *mal.*
— Tenez, ma belle enfant, voici mon ordonnance :
« Eau fraîche pour les yeux, le repos, l'abstinence. »
Et si vous rechutez, je vous ausculterai
Avec mon stéthoscope, et je vous guérirai.

— Je vous laisse, docteur à vos graves affaires.
— Pas avant de m'avoir payé mes honoraires...
— Combien vous est-il dû, médecin de mon cœur?
— Pour vous, c'est un baiser... en tout bien, tout honneur.
— Oh! oh! galant docteur, au lieu de numéraire,
Vous voulez un baiser? alors, prenez la paire... »

CHARADE TYPOGRAPHIQUE

Monsieur de La Palisse aurait pu m'affirmer
Qu'on devient mon premier le jour de mon entier.
D'abord, qu'est mon premier? Un homme respectable
Que peut tromper, hélas! une épouse coupable
En se déshonorant avec l'amant heureux,
Jusqu'à ce qu'il se venge en les tuant tous deux.
Mon deuxième est caché par l'habile coquette
Quand elle veut d'un cœur s'assurer la conquête.
Il fut d'or et d'argent; mais le progrès du mal
En a fait en ce siècle un bien pauvre métal!
Mon tout, malgré Naquet, enchaîne pour la vie.
Mais l'homme *consciencieux*, en son imprimerie,
Qui fait et qui défait mon entier si souvent,
Se dit : « Si je pouvais du mien en faire autant! »

Paris, imp. Jouaust.

www.ingramcontent.com/pod-product-compliance
Ingram Content Group UK Ltd.
Pitfield, Milton Keynes, MK11 3LW, UK
UKHW020950220726
13924UKWH00002B/596

9 782014 459944